Gabriele Koenigs

Ich werde, was ich wirklich bin

story.one – Life is a story

story.one

FSC
www.fsc.org
MIX
Papier aus verantwortungsvollen Quellen
Paper from responsible sources
FSC® C105338

1st edition 2024

Production, design and conception:
story.one publishing - www.story.one
A brand of Storylution GmbH

Font set from Minion Pro, Lato and Merriweather.

3. verbesserte Auflage

ISBN: 978-3-7115-0278-0

Ich widme dieses Buch allen, die mit mir auf dem Wege sind

INHALT

Nächtliche Einsicht

Ich kann nicht schlafen. Mein Kopf ist voller Ideen. Ich möchte ein neues Buch schreiben. Wer wird darin der Held oder die Heldin sein? Ich kenne so viele faszinierende Menschen. Ich liebe es, ihre Geschichten zu hören. Einige Menschen gehen mir durch den Kopf. Wären sie einverstanden, dass ich ihre Geschichte aufschreibe und veröffentliche?

Eine leise Stimme in mir sagt: "Schreib' über dich selbst!"

"So bedeutend bin ich doch nicht", wende ich sofort ein.

"Sind die anderen bedeutender als du?", fragt die Stimme zurück.

Ich denke nach. Eine Einsicht kommt. Sie ist glasklar. Jedes Menschenkind ist wertvoll. Auch ich. Ich bin nicht weniger als die anderen. Und ich habe wirklich einiges zu erzählen. Mein Lebensweg ist auch faszinierend. Ich werde es wagen. Mein Herz klopft. Vorfreude breitet sich aus in mir.

"Es wird heilsam sein, wenn du deine Geschichten aufschreibst", sagt die leise Stimme. "Nicht nur für dich, sondern auch für andere."

"Warum wird das heilsam sein?"

"Du wirst dein Leben mit den Augen der Liebe anschauen. Du wirst die Urteile hinter dir lassen. Du wirst die Scheu und die Scham hinter dir lassen. Du wirst dich so sehen, wie ich dich sehe."

"Oh ja! Öffne mir die Augen! Gib mir deine Sicht, du ewige Liebe!"

Aus dem ruhelosen Kreisen meiner Gedanken ist ein Gebet geworden.

Die leise Stimme ist die Stimme der Liebe. Sie kennt mich schon immer. Sie versteht mich viel besser als ich selbst es kann. Sie tröstet. Sie ermutigt. Sie bringt mich zum Schmunzeln. Sie bringt mich zum Singen. Sie bringt mich zur Vernunft. Je nachdem, was gerade nötig ist. Sie wird immer da sein. Von Ewigkeit zu Ewigkeit.

Darauf vertraue ich. Ich bin froh, dass ich sie alles fragen kann. Und ich bin gespannt, was sie mir zeigen wird.

Dieses Buch wird ein Abenteuer. Es wird etwas Großes. Es kommt in kleinem Format. Ich muss mich auf das Wesentliche beschränken. Ich muss sehr gut auswählen, welche Geschichten ich erzähle. Ich kann auch meine Bilder zeigen. Allerdings passen manchmal nur Ausschnitte aus Bildern auf das vorgegebene Format dieser Buchreihe. Trotzdem: Bilder und Worte ergänzen sich. So passt es zu mir. Ich habe schon sieben Bücher im Eigenverlag herausgebracht. Dieses wird das erste sein, das im Buchhandel erscheint. Welch ein großer Schritt!

Ich freue mich schon darauf, dass dieses Buch in die Hände meiner Leserinnen und Leser kommt. Ich schreibe von mir, aber ich schreibe für sie. Was es wohl mit ihnen machen wird? Ich hoffe, dass es ihnen guttut und sie inspiriert.

Wissensdurstig

Mein Vater liebte es, seine Kinder zu fotografieren. Ich war die älteste Tochter meiner Eltern. Im ersten Lebensjahr erkrankte ich an Krebs. Ein Tumor war auf meiner Lunge gewachsen und drückte mir die Luft ab. Ich war lange Zeit im Krankenhaus. Mein Leben hing am seidenen Faden. Endlich kam ich wieder nach Hause und wurde gesund. Gott sei Dank.

Eines Tages machte mein Vater einen schönen Schnappschuss. Ich stand in meinem Laufstall und betastete den Schulranzen meines großen Bruders. Ich hatte mich weit über das Gitter gelehnt. Am liebsten hätte ich den Ranzen in meine Hände genommen. Aber dafür war er zu groß und zu weit entfernt. So strich ich mit meinen Fingerchen darüber. Ich wollte wieder etwas entdecken und begreifen. Das war das allerbeste Zeichen dafür, dass die Lebenskräfte wieder kamen. Sicherlich hat sich mein Vater darüber gefreut. Mir bedeutet das kleine Schwarz-Weiß-Foto, das er damals aufgenommen hat, viel. Darum habe ich ein Aquarell daraus erschaffen. Es hängt jetzt in meinem Atelier.

"Sei nicht so neugierig!" "Steck deine Nase nicht in Dinge, die dich nichts angehen!" "Lass deine Finger weg!" Als ich größer wurde, war die Neugier nicht mehr willkommen. Sie wurde meinen Geschwistern und mir abgewöhnt. Höchstwahrscheinlich war sie auch in den Herkunftsfamilien meiner Eltern nicht gerne gesehen. Es gehört sich nicht, neugierig zu sein. Es gehört sich nicht, naseweis zu sein. Dies war eine weitverbreitete Überzeugung.

Neugier ist im Grunde nichts anderes als ein Wissensdurst. Ich verspürte diesen Wissensdurst schon immer. Ich wollte verstehen, was um mich herum vorging. Als ich lesen konnte, öffnete sich mir die wunderbare Welt der Bücher. Ich las viel. Als ich reisen konnte, genoss ich es, andere Landschaften und Gebräuche zu sehen. Ich interessierte mich dafür, wie Menschen anderswo leben. Ich interessierte mich auch dafür, wie andere Menschen glauben.

Ich komme aus einer christlich geprägten Familie. Ich habe evangelische Theologie studiert und bin Pfarrerin geworden. Und ich habe Yoga und Meditation gelernt, schon als Jugendliche. Während meines Studiums in Amsterdam ging ich regelmäßig zu den Synagogengottesdiensten am Sabbat. Ich lernte die jüdischen Gesänge und Gebete. In meinem Freundeskreis sind Menschen, die religiös und spirituell ganz verschieden geprägt sind. Ich achte sie und lerne von ihnen und mit ihnen.

Ich bin über die Enge hinausgewachsen, weit hinaus. Ich suche nach einer Sprache, die auch für Menschen verständlich ist, die nicht traditionell christlich denken. Ich liebe es inzwischen, mich durch Bilder auszudrücken. Sie überwinden viele Grenzen und schaffen ein neues Verstehen.

Durch die Rückmeldungen und Fragen der Betrachterinnen und Betrachter bekomme ich viele neue Anregungen und Ideen. Sie stellen mir Fragen, auf die ich noch keine Antwort weiß. Mein Wissensdurst bleibt. Ich brauche ihn. Er führt mich weiter. Ich werde, was ich wirklich bin.

Ein stilles Mädchen lebt auf

Ich habe ein altes Foto von mir gefunden. Ich sehe mich dort als Fünfzehnjährige. Das ist lange her, mehr als 50 Jahre. Und doch ist in mir alles noch gegenwärtig, was damals war. Mein Vater war kurz zuvor gestorben. Ich war in tiefer Trauer. Aber ich sprach nicht darüber. Niemand in unserer Familie sprach darüber. Es war ein Tabu. Auf dem Foto sehe ich, wie ich mir auf die Zähne beiße und die Lippen zusammenkneife. Ich war ein sehr stilles Mädchen. Alles musste in mir drinnen bleiben. Meine Geschwister und ich durften nicht einmal weinen. Meine Mutter hatte es uns verboten. Ich tat es nur heimlich.

Mein Vater war alkoholkrank. Er hatte eine leitende Stellung als Maschinenbauingenieur und war in seiner Firma anerkannt. Er trank außerhalb der Arbeit. Er war pflichtbewusst. Niemand sollte bemerken, dass er den Alkohol brauchte. Auch in der Familie sollte dies ein Geheimnis bleiben. Mein Vater liebte seine Eltern und Geschwister. Er schrieb ihnen oft. Er schrieb lange Briefe. Niemals erwähnte er jedoch seine Probleme mit dem Alkohol. Er wurde sehr krank. Er bekam Leberzirrhose und dann auch noch Speiseröhrenkrebs. Der Alkohol zerstörte seinen Körper. Er wurde immer weniger. Wochen und Monate verbrachte er im Krankenhaus. Er litt furchtbare Schmerzen. Wenn er zu Hause war, hörte ich ihn oft vor Schmerzen stöhnen. Er tat mir sehr leid. Ich liebte ihn. Aber ich fand keine Worte und keine Gesten, um ihm mein Mitgefühl und meine Liebe zu zeigen. Ich war entsetzt und wie gelähmt.

Wir waren eine große Familie. Ich hatte sieben Geschwister. Wir lebten in einer Hochhauswohnung auf engem Raum. Dennoch war ich einsam. Das eisige Schweigen, das in unserer Familie herrschte, trennte uns voneinander. Und es verhinderte echte Nähe zu anderen Menschen. "Sag dies nicht, sag das nicht!" Vor jedem Besuch bei den Großeltern oder anderen Leuten bekamen wir Anweisungen. Auch die Nachbarn im Haus durften nichts von unserer Not erfahren. Wehe, wir hätten mit jemandem über unsere Situation gesprochen! Auch die Freundinnen und Freunde, die Lehrerinnen und Lehrer durften nichts erfahren. Die Scham regierte unser Verhalten. Das eisige Schweigen war schrecklich. Niemand wusste, was wir damals durchmachten.

Als ich 18 Jahre alt war und die Schule beendet hatte, konnte ich von zu Hause ausziehen. Ich begann mein Studentenleben. Welch eine Befreiung! Nun lernte ich, meine Gedanken und Gefühle auszudrücken. Endlich interessierte sich jemand dafür, was ich dachte! Ich fand Freundinnen und Freunde. Ich verliebte mich. Ich lachte viel. Ich atmete auf. Halbe Nächte diskutierten wir über die damals aktuellen Themen. Ich tauchte in die Welt der Wissenschaft ein. Ich zog mit meinem Freund zusammen. Ich fuhr kaum noch nach Hause. Die Beklemmung, die dort immer noch regierte, empfand ich als unerträglich. Sie schnürte mir beinahe die Luft ab. Ich brauchte sehr große Distanz zu meiner Familie. Ich musste auf meine eigenen Füße kommen. Ich hatte vieles zu lernen. Es war weit mehr als das, was ich in den Lehrbüchern las. Und es dauerte viel länger als das Studium. Es hört niemals auf. Ich bin immer noch nicht damit fertig. Ich blühe auf. Ich werde, was ich wirklich bin.

Frische Luft

Schon immer hat es mir gutgetan, an die frische Luft zu gehen. Welch eine Wohltat, die Enge der Wohnung zu verlassen und durchzuatmen! Welch eine Wohltat, Bäume und Blumen zu sehen und die Weite des Himmelszelts! Ich höre das Zwitschern der Vögel und das Rauschen der Blätter. Ich spüre den Wind auf meiner Haut. Ich atme durch. Mein Herz weitet sich.

Als ich ein Kind war, wohnte ich in einem Hochhaus. Es war weit bis zum Wald. Jetzt wohne ich in Zavelstein im Nordschwarzwald. Es sind nur ein paar Schritte von unserem Haus bis in den Wald. Manchmal nehmen wir die Fahrräder und drehen eine Runde um unseren Ort. Der Kopf wird dabei frei. Ich lasse mich durchpusten. Ich komme auf ganz neue Ideen. Und ich sehe unglaublich viel Schönes um mich her. Bei jedem Spaziergang gibt es etwas zu entdecken und zu staunen.

Menschen können anstrengend sein. Bäume sind es nie. Sie strahlen eine wohltuende Ruhe aus. Sie verlangen nichts von mir. Sie stellen keine Fragen. Bei ihnen darf ich einfach so sein, wie ich bin. So glücklich. So erschöpft. So traurig. So verwirrt. So begeistert. So andächtig wie ich gerade bin. Alles hat Raum im Wald. Alles darf sein. Und alles verwandelt sich. Der Frieden im Wald ist ansteckend.

Die Bäume im Wald tun einen großen Dienst für uns alle. Sie verwandeln verbrauchte Luft in frische Luft. Sie halten mit ihren Wurzeln das Erdreich. Sie schaffen einen Lebensraum, in dem Beeren und Pilze, Vögel und vielerlei andere Tiere gedeihen. Sie geben uns Schatten, wenn die Sonne vom Himmel brennt. Im Winter wärmt uns das Brennholz im Ofen. Ihr Dienst ist unermesslich. Was wären wir ohne die Bäume?

Bäume sind ein großes Sinnbild für Beständigkeit. Sie können nicht weglaufen, wenn es schwierig wird. Sie bleiben, allen Widrigkeiten zum Trotz. Sie tragen in ihrem Leben viele Wunden davon. Im Sturm verlieren sie einen Teil der Äste. Insekten fressen an ihnen. Tiere klettern über sie hinweg. Menschen bauen

Wege und Treppen zwischen ihren Wurzeln. Bäume stehen kalte Winter und heiße Sommer durch. Jedes Frühjahr bringen sie neues Blattwerk hervor. Sie wachsen weiter gen Himmel, unablässig. Sie wachsen langsam. Sie kennen keine Eile.

Jeder Baum ist einzigartig. Jeder Baum hat seine Geschichte. Jeder Baum gehört in ein großes Netzwerk. Die Wurzeln der Bäume sind miteinander verflochten. Sie geben einander Kraft und kommunizieren miteinander. Sie sorgen für den Nachwuchs. Im Stadtwald von Baden-Baden finden wir eine Eiche, die schon mehr als 620 Jahre alt ist. Obwohl sie auf Fels gewachsen ist, ist sie prachtvoll gediehen. Obwohl einer ihrer dicken Äste hohl ist, wächst sie weiter. Sie beeindruckt mich so, dass ich sie gemalt habe.

Auch mein Leben gedeiht, trotz mancher Widrigkeiten. Ich bin dankbar dafür. Es ist ein stetiges Wachsen. Ich wachse über meine bisherigen Begrenzungen hinaus. Ich werde, was ich wirklich bin.

Jenseits von richtig oder falsch

Eine meiner jüngeren Schwestern überraschte mich mit einem Telefonanruf. Wir hatten sehr lange nichts voneinander gehört. "Morgen ziehe ich um", sagte sie. "Ich beginne einen neuen Lebensabschnitt. Ich freue mich so." Ein paar Tage später besuchte ich sie in ihrer neuen Wohnung. Natürlich hatte sie noch gar nicht alles ausgepackt und eingerichtet. Dennoch hatten wir es gemütlich miteinander. Und wir hatten einander viel zu erzählen, von früher und von heute. Aufmerksam hörten wir einander zu. Ein tiefes Wohlwollen war zu spüren, und echtes Interesse füreinander. Dies war ein sehr guter Neubeginn für uns. Inzwischen wurde Vertrauen und Liebe daraus. Das ist ein großes Geschenk für uns beide.

"There is a field beyond rightdoing and wrongdoing. We will meet there." (Rumi) Übersetzt: *Es gibt ein Gelände jenseits von "richtig gemacht" oder "falsch gemacht". Dort treffen wir uns.* Der islamische Mystiker Rumi hat auf den

Punkt gebracht, worum es bei echter Liebe geht. Wir beurteilen einander nicht mehr. Wir manipulieren einander nicht mehr. Wir wollen einander nicht mehr verändern. Wir machen einander keine Vorwürfe mehr. Das alles haben wir hinter uns gelassen. Wir sind darüber hinausgewachsen. Nun achten wir einander. Nun wollen wir voneinander lernen. Nun sind wir füreinander da, ohne uns einzumischen. Nun lieben wir einander bedingungslos.

Bedingungslose Liebe ist selten. Seit ich sie kennengelernt habe, möchte ich sie jedoch nicht mehr missen.

Vor einigen Jahren sagte ein Freund zu mir: "Meine Eltern haben mich bedingungslos geliebt". Ich schaute ihn an wie ein Wesen von einem anderen Stern. Ich konnte mir gar nicht vorstellen, dass so etwas wirklich möglich ist. In unserer Familie war es leider gar nicht so. Es waren immer Urteile zwischen uns. Die Mehrheit dieser Urteile sprachen wir gar nicht aus. Aber sie bestimmten unsere Gedanken und Gefühle. Sie waren wie mit Händen zu greifen. Sie vergifteten die Beziehung unserer Eltern zueinander und zu uns Kindern. Sie belasteten auch unsere Geschwisterbeziehungen. Sie trennten uns voneinander. Sie machten uns alle krank. Ich litt darunter. Aber ich sah keinen Ausweg. Ich kannte keine Alternative. Aber ich wusste, dass es eine geben muss. Denn Jesus hat davon gesprochen. Seine Worte kannte ich. In der Bibel, die ich als Konfirmandin bekommen hatte, habe ich sie dick unterstrichen. *"Richtet nicht, auf dass ihr nicht gerichtet werdet." (Matthäus 7,1)*

Mit diesen Worten ging ich mein Leben lang um. Ich wollte seinem Rat folgen und das Urteilen beenden. Aber ich ertappte mich immer wieder dabei, wie ich es doch tat. Das Urteilen hat sich in meine Gedanken eingenistet. Es ist so, als hätte ich es bereits mit der Muttermilch in mich aufgenommen. Manchmal dachte ich, dass ich darum zur Liebe gar nicht fähig bin. Auch das war ein Urteil. Ein hartes Urteil über mich selbst. Nun kann ich dieses Urteil hinter mir lassen. Das ist eine große Befreiung. Ich weiß jetzt, dass es nicht wahr ist. Ich kann wirklich bedingungslos lieben. Ich übe mich darin. Nun werde ich, was ich wirklich bin.

pacem. Dona nobis pa
misericordias domini
me. O Lord, hear m
riste eleison kyri
eisungen: Freud
ie, simplicité
demeurer en
den Barmh
erk en je
l ist und
erlöst. Ich habe
and work that
des: joy, simplicité
r near you in solit
rt, don't be
rejoindre
n. Kyrie ele
re Stärke,
a dios tiene,
enn sie werden G
est. Ubi caritas et
Feuer, das niemals erl
hat den Tod durch den
nmel barmherzig ist. Seid
dein Name. Dein Reich Ko
ficat anima mea domin
t vivifiés par la Parole
e kingdom in Heaven
has lost its taste
. Siehe, ich s
Entzünde in
isericordia
h. Herr

Unverhofftes Wiedersehen

Eine Studienfreundin hat sich wieder bei mir gemeldet. Seit vierzig Jahren sind wir einander nicht mehr begegnet. Das ist schade, denn wir waren einmal beste Freundinnen. Einmal habe ich sie angerufen. "Weißt du, woran es liegt, dass unser Kontakt eingeschlafen ist?", fragte ich. Sie war ziemlich reserviert. Schließlich sagte sie: "Du hast mich damals ziemlich gekränkt. Ich hatte eine Psychotherapie begonnen. Ich hatte so fürchterliche Rückenschmerzen, die kein Arzt erklären konnte. Ich wollte herausfinden, was mit mir los ist, und gesund werden. Aber du hast gesagt, Psychotherapie sei Zeitverschwendung. Wir hätten Wichtigeres zu tun, als dreimal in der Woche auf einer Couch zu liegen." Ich hatte völlig vergessen, dass ich so etwas gesagt hatte. Es tat mir leid. Heute würde ich das nicht mehr sagen. Aber damals wusste ich es nicht besser. Ich bat sie um Verzeihung.

Vorerst blieb es bei diesem Telefongespräch. Wir hatten den Faden zueinander noch nicht wieder gefunden. Nun aber, zwanzig Jahre später, hat sie mir eine E-Mail geschrieben. Darin erzählte sie mir von einem großen Projekt, das sie sich vorgenommen hat. Sie liest nochmals alle Briefe, die sie im Lauf ihres Lebens aufgehoben hat. Sie ist jetzt im Ruhestand und hat Zeit dafür. Unter den vielen Briefen sind auch zwei von mir. Wir studierten damals beide evangelische Theologie in Berlin. Von dort aus ging sie für ein Jahr nach Jerusalem. Gleichzeitig ging ich nach Amsterdam. Wir wollten beide unseren Horizont erweitern und bei Lehrern studieren, die uns faszinierten. Wir schrieben einander lange Briefe und erzählten von unseren Erfahrungen und Erkenntnissen. Mit Luftpost gingen die Briefe hin und her. E-Mails gab es damals noch nicht. "Ich staune, wie nahe wir uns damals waren", schrieb sie nun. "Ich habe dich mithilfe des Internets gesucht. Ich habe gesehen, dass du jetzt Malerin geworden bist. Ich staune, was aus dir geworden ist." Ich habe mich riesig gefreut, dass sie sich gemeldet hat. Nun werden wir uns wieder begegnen. Zwei gestandene Frauen mit viel Erfahrung und interessanten Lebenswegen.

Als meine Freundin damals Therapie brauchte, konnte ich den Sinn noch nicht erkennen. Ich dachte, man könnte schlimme Erfahrungen hinter sich lassen und in der Gegenwart leben. So hat es die Generation meiner Eltern und Großeltern gemacht. Sie hatten viele traumatische Kriegserfahrungen. Bombennächte. Vergewaltigung. Zerstörung. Flucht. Vertreibung. Konzentrationslager. Niemand hat ihnen geholfen, das aufzuarbeiten. "Ärmel hochkrempeln und neu anfangen", war ihre Devise. "Nicht mehr an früher denken!" "Nur nicht darüber sprechen, sonst wachen die schrecklichen Erinnerungen wieder auf!" So wollte ich es auch tun. Aber die Vergangenheit holt uns immer wieder ein. Sie steckt uns in den Knochen. Es ist wichtig, hinzuschauen. Es ist wichtig, darüber zu sprechen.

Zurzeit habe ich eine liebevolle Beraterin. Ich erzähle ihr davon, wie es mir geht und woran ich zu knabbern habe. Wir machen die Beratung über Internet. Wir sprechen über das, was gerade ansteht. Sie tut mir sehr gut. Sie stellt mir kluge Fragen. Sie hilft mir, mich mit dem zu versöhnen, was war und was ist. Sie hilft mir zu werden, was ich wirklich bin.

Es geht doch

Ich war felsenfest überzeugt, dass ich nicht malen kann. Schon als kleines Kind gelang es mir nicht. Als ich in der Grundschule war und immer noch nicht malen konnte, schenkte mir mein Vater ein Buch. "Punkt, Punkt, Komma, Strich, fertig ist das Mondgesicht!" Auch das half mir nicht. Ansonsten war ich eine begabte Schülerin und lernte leicht. Ich habe keine Ahnung, woher diese Blockade kam. Irgendwann gab ich auf, es überhaupt noch zu probieren. Die Quittung bekam ich mit der Note 5 im Kunstunterricht. So wurde mir Jahr für Jahr bescheinigt, dass ich in diesem Fach gar nichts kann. Von Jahr zu Jahr wurde die Blockade größer. Ich schwor mir: "Wenn ich mit der Schule fertig bin, nehme ich nie mehr einen Pinsel in die Hand!"

Nach dem Abitur entschied ich mich für das Studium der evangelischen Theologie und danach für den Beruf der Pfarrerin. Im Religionsunterricht in der Grundschule erzählte ich Geschichten. Die Kinder malten Bilder dazu. Ab und zu gab es mal ein Kind, das nicht malen konnte oder wollte. Aber das war eine ganz seltene Ausnahme. Die meisten malten begeistert und mühelos. Insgeheim beneidete ich sie ein bisschen. "Wie schön muss das sein, wenn man sich so leicht ausdrücken kann", dachte ich.

Ich nahm Supervision bei einer Gestalttherapeutin. Manchmal wollte sie über die Ebene der Worte hinaus. Sie gab mir ein Blatt und Stifte und sagte: "Drücken Sie es mit Farbe aus!" Ich sagte: "Nein, so etwas kann ich gar nicht!" Sie blieb hartnäckig. "Versuchen Sie es!" So kamen ein paar Skizzen auf Papier, sehr unbeholfen. Dennoch halfen sie uns, den jeweiligen Sachverhalt klarer zu sehen. Ich hob sie auf. Aber es war überhaupt nichts zum Vorzeigen. Immerhin: Der Bann begann zu brechen.

Ich durfte zur Kur. Es war eine herrliche Zeit mit vielen Anregungen. Im Kurort gab es jede Menge Angebote für die Kurgäste. Ein Schnupperkurs Aquarell war ausgeschrieben. Zwei Stunden an einem Nachmittag. Ich ging hin. Es war eine Offenbarung für mich. Ich sah, wie faszinierend es ist, wenn die Farben über das Papier fließen und sich miteinander vermischen. Ich war begeistert. Noch während der

Kur kaufte ich mir einen Aquarellkasten, einen Malblock und die ersten Pinsel. Ich hatte Feuer gefangen. "Wenn ich zu Hause bin, möchte ich das unbedingt richtig lernen", dachte ich.

Ich besuchte einen Kurs bei der Volkshochschule. Aber leider konnte die Kursleiterin nicht gut erklären und zeigen. Und ich hatte viel zu wenig Raum in meinem Alltag, um mich dieser Tätigkeit zu widmen. Das Berufsleben forderte mich ganz und gar. So versandete das Interesse wieder, und die Farben landeten im Schrank.

Fünf Jahre später wurde ich Klinikseelsorgerin. Nun war der richtige Zeitpunkt. Ich brauchte einen Ausgleich. Nun wollte ich wirklich malen lernen. Ich fand meine Lehrerin. Ich lernte langsam, Schritt für Schritt. Sie zeigte alles von der Pike auf. Ich war nicht mehr zu bremsen. Ich lerne immer noch weiter. Jetzt zeige ich meine Bilder mit Wonne. Ich genieße es, mich mit Farben auszudrücken. Und ich unterrichte inzwischen sogar selbst. Welch ein Weg! Ich werde, was ich wirklich bin.

Ein Wunder

Ich war Seelsorgerin im Krankenhaus. Jeden Tag hörte ich Menschen zu, die durch Leid und Krisen gingen. Ich öffnete ihnen mein Herz. Ich tröstete und ermutigte, so gut ich konnte. Die Geschichten gingen mir nach. Ich trug sie in mir, auch in den Nächten und an freien Tagen und im Urlaub. Sie berührten mich sehr. Die Traurigkeit der Patientinnen und Patienten steckte mich an. Aber ich hatte ein neues Hobby. Ich nahm Malunterricht. Es war faszinierend für mich, und zugleich war es anstrengend. Es gab so viel zu lernen. Das Malen brauchte meine volle Aufmerksamkeit. In dieser Zeit vergaß ich alles andere. Das Grübeln hatte Pause. So erholte ich mich. Ich suchte mir lauter froh machende Motive aus. Ich malte mir die helle Seite des Lebens vor Augen. Das war ein guter Ausgleich zu dem vielen Leid.

Anfangs konnte ich gar nichts. Aber ich hatte eine sehr gute Lehrerin. Sie zeigte viele Tipps und Tricks und korrigierte meine Fehler. Allmählich gewann ich Erfahrung. Für meinen

50. Geburtstag nahm ich mir etwas Besonderes vor. Im Raum, in dem wir das Fest feierten, hängte ich einige Bilder auf, die im Malunterricht bis dahin entstanden waren. Meine Gäste freuten sich mit mir. Sie wunderten sich, dass so ein Talent in mir auftauchte. Das hatten sie gar nicht vermutet. Zwei Jahre später traute ich mich, zum ersten Mal eine öffentliche Ausstellung zu zeigen. Ich arbeitete in einer großen neurologischen Rehabilitationsklinik. Dort präsentierte ich nun, was ich bis dahin geschaffen hatte. Die Reaktionen der Leute, die die Bilder sahen, waren überwältigend für mich. "Ihre Bilder tun uns richtig gut", sagten sie. "Das bringt eine positive Stimmung ins Haus!" Es war schön für mich, so viele gute Rückmeldungen zu bekommen. Mit Feuereifer lernte ich weiter.

Im Jahr 2012 lud mich eine Kollegin ein, in der Klosterkirche in Bad Herrenalb eine Ausstellung zu zeigen. Nun gab ich alles. Ich wählte den Titel: "Meine Seele dürstet nach Gott". Ich malte Bilder von Beterinnen und Betern aus aller Welt. Ich zeigte Menschen, die aus dem Glauben leben. Das Portrait einer sterbenden Frau war besonders bewegend für viele. Dazwischen hängte ich leichtere Kost: Blumen, Landschaften und Kinderportraits.Die ehrwürdige

Klosterkirche ist ein Besuchermagnet. Im Laufe dieser vier Wochen kamen sehr viele Menschen in meine Ausstellung. Ich war nicht immer dort, aber ich hatte ein Gästebuch ausliegen. Die Menschen schrieben mir ihre Botschaften hinein. "Solche Bilder habe ich noch nie gesehen, Bilder vom Glauben. Machen Sie das unbedingt weiter!" "Ihre Bilder tun meiner Seele gut!" Ich war vollkommen überwältigt von diesem großen Echo. So etwas hatte ich wirklich nicht erwartet. Von Tag zu Tag kam ich mehr ins Staunen und Fragen. Was heißt das nun für mich? Es kann doch kein Zufall sein, dass so viele Menschen mir sagen, ich solle weitermachen. Mitten im Staunen vernahm ich eine Berufung und sah die Perspektive: So wirst du Gott und den Menschen fortan dienen! Nach dem Ende der Ausstellung bat ich um Beurlaubung vom Pfarrdienst, zunächst für ein Jahr. Es war ganz einfach. Niemand legte mir Steine in den Weg. Der Urlaub wurde von Jahr zu Jahr verlängert, bis zum Eintritt in den Ruhestand. Ich habe meine Entscheidung noch keinen Tag bereut. Ich war Pfarrerin. Nun bin ich frei. Ich werde, was ich wirklich bin.

Die Liebe ist geduldig

Ich verdanke meinem Mann unendlich viel. Er drängt mich nicht, niemals. Und er macht keine Vorwürfe. Er weiß, dass es sowieso nichts nützt. Ganz im Gegenteil: Vorwürfe und Drängen rufen meistens nur Trotz hervor. Für mich ist es faszinierend, dass er darauf verzichten kann.

Mir fällt das gar nicht leicht. Er hat nach seinem Examen eine Doktorarbeit geschrieben. Es dauerte viel länger als gedacht. Es war eine große Forschungsarbeit. Ich half ihm dabei, so gut ich konnte. Er musste in die Berufstätigkeit als Pfarrer einsteigen, bevor die Doktorarbeit fertig war. Wir hatten nur noch in Ferienzeiten Raum dafür. Es ging schleppend voran. Es fiel mir schwer, das zu akzeptieren. Ich hätte so gerne gesehen, dass dieses Projekt zum Ziel kommt. Als er die Arbeit endlich abliefern konnte, kam lange keine Antwort von seinem Doktorvater. Wir wussten gar nicht, woran es liegt. Immer wieder drängte ich ihn: "Frag doch nach, was los ist ..." Er tat es nicht. Er wartete geduldig. Und dennoch kam er zum Ziel.

In meiner Familie gehörten Vorwürfe zur Tagesordnung. Irgendjemand musste ja schuld sein an dem Elend, das wir erlebten. Wir beschuldigten einander, klammheimlich in unseren Gedanken oder mit Worten. Wir sagten die Vorwürfe einander nicht ins Gesicht, sondern sprachen sie hinter dem Rücken des Betreffenden aus. Wir verbündeten uns gegeneinander, in wechselnden Konstellationen. Das war beklemmend. Das vergiftete unser Miteinander.

Obwohl ich erlebt habe, wie ungut es ist, falle ich doch immer wieder in dieses alte Muster zurück. Ich möchte es gar nicht, aber es passiert. Und dann muss auch mein lieber Mann darunter leiden. Er hält es aus, mir zuliebe. Er hält mich aus. Und er hält mir stand. Er bleibt sich treu. Er lässt sich nicht drängen.

Wir können uns aufeinander verlassen. Jederzeit. Wir ergänzen einander mit unseren verschiedenen Gaben. Viele Jahre haben wir uns eine Pfarrstelle geteilt. Er konnte besser mit Jugendlichen umgehen als ich. Ich gab gerne Religionsunterricht in der Grundschule. Wir teilten uns die Aufgaben. Das war gut für uns und gut für die Gemeinde. Dass ich das Pfarramt aufgab und Künstlerin wurde, war eine große Entscheidung. Er trug sie mit. Er unterstützt mich Tag für Tag. Manchmal sagt er scherzhaft: "Ich habe eine Pfarrerin geheiratet. Jetzt habe ich eine Künstlerin zur Frau". Er ist mein wichtigster Assistent. Er fährt den Transporter mit Bildern und Zubehör zum Ausstellungsort. Er baut Gestelle für die Aufhängung in denkmalgeschützten Kirchen. Mit Wasserwaage, Hammer und Säge ist er beim Aufbau tätig. Er überlegt mit mir passende Titel für meine Gemälde. Er sorgt dafür, dass gutes Essen auf dem Tisch steht. Ohne ihn wäre das Pensum, das ich bewältige, gar nicht zu schaffen.

Mit ihm zusammen erlebe ich, was Liebe sein kann. Er ist ein Gottesgeschenk. Er bringt Licht in mein Leben, beständig und treu. Ich bin unendlich dankbar dafür. An seiner Seite wachse ich über das hinaus, was ich einmal war. Auch er wächst über sich hinaus, auf seine Weise. Es geht langsam, Schritt für Schritt. Es dauert viel länger als eine Doktorarbeit. Wir werden, was wir wirklich sind.

Loslassen

Meine Beraterin hat etwas sehr Kluges gesagt. "Wenn wir Raum für Neues schaffen wollen, müssen wir Altes loslassen. Das ist bei uns allen so. Auch wenn wir uns neue Gewohnheiten und neues Verhalten erobern wollen, geht es nur, wenn wir alte Gewohnheiten loslassen." Sie fragte mich: "Wie ist es bei dir? Ist es Zeit, etwas loszulassen?"

Sofort war meine Antwort klar. Es ist Zeit, die Scham loszulassen. Wie sehr habe ich mich früher dafür geschämt, wie es in unserer Familie war. Und wie sehr habe ich mich geschämt für das, was ich bin. Manchmal hätte ich mich am liebsten unsichtbar gemacht oder in ein Mauseloch verkrochen. Ich dachte immer, ich sei nicht gut genug. Auch im Berufsleben hat mich diese Scham oft blockiert. Ich habe immer mein Bestes gegeben. Aber ich sah auch vieles, das mir nicht gut gelang. Wenn ich mit Kollegen und Kolleginnen zusammenkam, war ich meistens ziemlich still. Und auch, wenn ich später bei den internationalen Künstlertreffen andere Profikünstler und -künstlerinnen traf, hielt ich mich meistens eher im Hintergrund. "Ich bin lange nicht so gut wie sie", dachte ich oft.

"Was würde passieren, wenn du die Scham loslässt?", fragte die Beraterin. Ich strahlte. "Ich würde aufhören, mich zu verstecken. Ich würde viel selbstbewusster auftreten. Ich würde mich nicht mehr genieren. Ich würde mich zeigen. Mein Licht könnte viel heller leuchten. Ich würde viel mehr Freude empfinden."

Mein Herz hüpft vor Freude bei dieser Vorstellung. Ich richte mich auf. Ich empfinde Leichtigkeit. Und ich frage mich selbst: "Gibt es irgendeinen Grund, bei der alten Scham zu bleiben? Muss ich sie immer weiter durch mein Leben schleppen? Muss ich mich immer weiter klein machen?" Die Antwort ist sonnenklar. Nein, natürlich muss ich nicht. Es ist meine Entscheidung. Es ist wirklich an der Zeit, die Scham loszulassen. "Probiere es aus, wenigstens für einen Tag", empfiehlt mir meine Beraterin. "Und dann nochmals für einen Tag, und nochmals einen. Überfordere dich nicht mit der Vorstellung, du dürftest dich nie mehr für irgendetwas schämen. Probiere es einfach für einen Tag. Das genügt."

Tatsächlich erlebe ich jetzt hin und wieder leuchtende Tage, völlig frei von Scham. Es ist einfach wunderbar. Ich stehe mir nicht mehr selbst im Weg. Ich bin viel spontaner und freier. Schade, dass ich so alt werden musste, um zu diesen Erkenntnissen zu kommen. Es wäre besser gewesen, ich hätte es früher erkannt. Aber immerhin: Jetzt ist besser als nie.

Schon immer mochte ich die Pusteblumen. Wie gerne habe ich als Kind die Flieger in die Welt gepustet. Was ich tat, schadete der Blume nicht. Die Flieger sind sowieso zum Wegfliegen bestimmt. Neues soll daraus wachsen. Ich male die Pusteblumen immer wieder, in allen möglichen Variationen. Für mich sind sie ein Sinnbild. Sie sind die Meister im Loslassen. Etwas von ihrer Leichtigkeit fliegt mir zu, wenn ich werde, was ich wirklich bin.

Voneinander lernen

Malen ist ein Handwerk. Es gehört viel Wissen und Erfahrung dazu. Ich habe alles, was ich kann, von meiner Lehrerin und von anderen Künstlern und Künstlerinnen gelernt. Ich bin dankbar dafür. Und ich gebe mein Wissen sehr gerne weiter. Mit Begeisterung gebe ich Aquarellkurse. Schritt für Schritt zeige ich die Motive. Die Teilnehmerinnen und Teilnehmer schauen, wie ich es mache, und machen es dann selbst. In einer Kurswoche entsteht viel Schönes. Gemeinsam freuen wir uns daran.

Es ist einfacher für mich, wenn alle das gleiche Motiv malen. Es geht systematisch voran, Schritt für Schritt. Ich bereite mich im Vorfeld gründlich vor, indem ich die Motive selbst erschaffe. Meine Bilder hängen im Kursraum an der Wand, als Anregung und Ansporn für die Teilnehmerinnen und Teilnehmer.

Nun geschieht es immer öfter, dass fortgeschrittene Teilnehmerinnen Wünsche haben, die ich nicht vorausgesehen habe. "Ich würde viel lieber eine weiße Rose malen", sagte eine im Rosenkurs. Eine andere stimmt ihr zu. "Das würde ich auch am allerliebsten machen!" Ganz ehrlich gesagt: Das brachte mich aus meinem Konzept. Das hatte ich nicht vorbereitet. Ich war zunächst ein bisschen ungehalten. Ich fürchtete, dass wir das nicht hinbekommen. Schließlich überwand ich mich doch. In einer Pause suchte ich ein Foto als Vorlage, druckte es aus und brachte es mit. Die beiden hatten nun ihre eigene Aufgabe. Mit Hingabe erschufen sie ihr Bild. Auch sie arbeiteten Schritt für Schritt. Ich gab ihnen die Hinweise, die sie brauchten. Es war gut, dass sie zu zweit waren. So konnten sie sich gegenseitig inspirieren. Allmählich konnte ich mich entspannen. Ich merkte, dass ich wirklich allen die nötige Unterstützung geben kann, auch wenn sie an verschiedenen Motiven arbeiten.

Bei meiner Lehrerin hatte ich das immer erlebt. In ihrem Atelier arbeitet jede Schülerin und jeder Schüler am eigenen Motiv. Sie geht hin und her und gibt allen Anregungen und Tipps. Ich habe nicht so viel Unterrichtserfahrung wie sie. Ich habe einen anderen Unterrichtsstil gefunden, meinen eigenen Stil. Es ist gut so. Er passt zu mir. Aber nun werde ich freier. Das ist eine schöne Entwicklung.

Nicht nur die Teilnehmerinnen und Teilnehmer lernen von mir. Auch ich lerne von ihnen. Ich höre ihre Fragen und komme auf neue Ideen. Sie haben Vorschläge, die ich noch nie ausprobiert habe. Sie wollen etwas wissen, das ich selbst noch nicht richtig verstanden habe. So bin ich herausgefordert, mich in das jeweilige Thema noch mehr zu vertiefen. Ich lerne durch jeden Kurs hinzu.

In den Kursen entwickeln sich Freundschaften. Das ist etwas, was sich nicht planen und schon gar nicht erzwingen lässt. Es ist ein riesengroßes Geschenk. Wir finden Gleichgesinnte. Wir tun einander gut und inspirieren uns gegenseitig. Wir geben einander Anteil an dem, was wir sind. Wir helfen und ermutigen einander. Wir entwickeln uns weiter, menschlich und künstlerisch. Wir pflegen Kontakte. Wir freuen uns darauf, einander wiederzusehen. Zusammen wachsen wir über uns hinaus. Wir werden, was wir wirklich sind.

Halleluja

Im Jahr 2021 ging ich zum ersten Mal in meinem Leben zu einer Röntgenuntersuchung meiner Brüste. Bis dahin hatte ich die Aufforderungen, die ich alle zwei Jahre bekam, immer ignoriert. Aber nun hatte eine Freundin in solch einer Untersuchung die Diagnose Brustkrebs erhalten. Sie erzählte mir davon. Und sie riet mir eindringlich, dass ich auch zur Untersuchung gehen sollte. Also machte ich mich auf. Tatsächlich gab es auch bei mir keinen guten Befund. In der rechten Brust war eine Vorstufe von Brustkrebs zu sehen. Die Ärztin beruhigte mich. "Wenn es in so einem frühen Stadium gefunden wird, ist es heilbar! Aber nehmen Sie es nicht auf die leichte Schulter. Ignorieren Sie das nicht. Es gibt wirklich Handlungsbedarf."

In den Monaten darauf unterzog ich mich vier Operationen. Der befallene Bereich war größer als zunächst vermutet. Darum musste immer wieder nachgeschnitten werden. Anschließend brauchte ich 21 Bestrahlungen. Die Operationen hatten mich jedoch so sehr geschwächt, dass ich mir keine weitere anstrengende Behandlung vorstellen konnte. Aber ich traf auf einen guten und fürsorglichen Arzt, der sich wirklich Zeit für mich nahm. "Sie sind noch zu jung um zu sterben", sagte er. Er überzeugte mich. Ich stand die Behandlungen durch. Jetzt ist die Brust in Ordnung. Ich bin froh, am Leben zu sein. Meine Freundin hat ihre Behandlungen auch überstanden. Gott sei Dank!

Es war eine schwere Zeit. Aber es war eine fruchtbare Zeit. Ich bin reifer geworden. Ich spürte so deutlich wie niemals zuvor, dass anderen Menschen an mir liegt. Ich bekam Briefe und Päckchen, E-Mails und Anrufe und Besuche. Viele Leute haben mich ermutigt und mir erzählt, dass sie für mich beten und Kerzen für mich angezündet haben. Bis dahin war es mir nicht bewusst, dass ich ihnen so wichtig bin. Jedenfalls habe ich das nie zuvor so deutlich gespürt. Und das half mir, auch selbst ein Bewusstsein für den Wert meines Lebens zu bekommen.

Im Jahr 2023 entstand ein besonderes Bild. Ich habe die Briefe, die ich während der Krankheitszeit bekommen hatte, auf eine Leinwand geklebt und darüber gemalt. Beim Malen leitete mich der Bibelvers: "*Die mit Tränen säen, werden mit Freuden ernten" (Psalm 126,5).* Meine ganze Dankbarkeit und Freude legte ich in dieses Bild. Und ich dichtete ein Lied. Es entstand in einer Einkehrzeit. Nun geht es mit mir.

- *Das Leben ist mehr als ich kenne und ich bin mehr als zuvor. Es gibt noch so viel zu entdecken. Ich bin froh, am Leben zu sein.*
- *Ich entscheide mich für die Freude, jeden Tag neu. Ich entscheide mich immer wieder. Immer wieder, jeden Tag neu.*
- *Die göttliche Liebe trägt mich. Der Geist führt mich Schritt für Schritt. Und wenn mein Lauf hier vollendet, dann leb' ich völlig im Licht.*
- *Ich entscheide mich für das Leben, jeden Tag neu. Ich entscheide mich immer wieder. Immer wieder, jeden Tag neu.*
- *Der Atem fließt wie ein Strom. Ich atme aus und ein. Ich schöpfe Kraft für das Leben. Amen. Halleluja*
- *Halleluja, halleluja. Halleluja. Halleluja. Halleluja. Halleluja. Amen.*

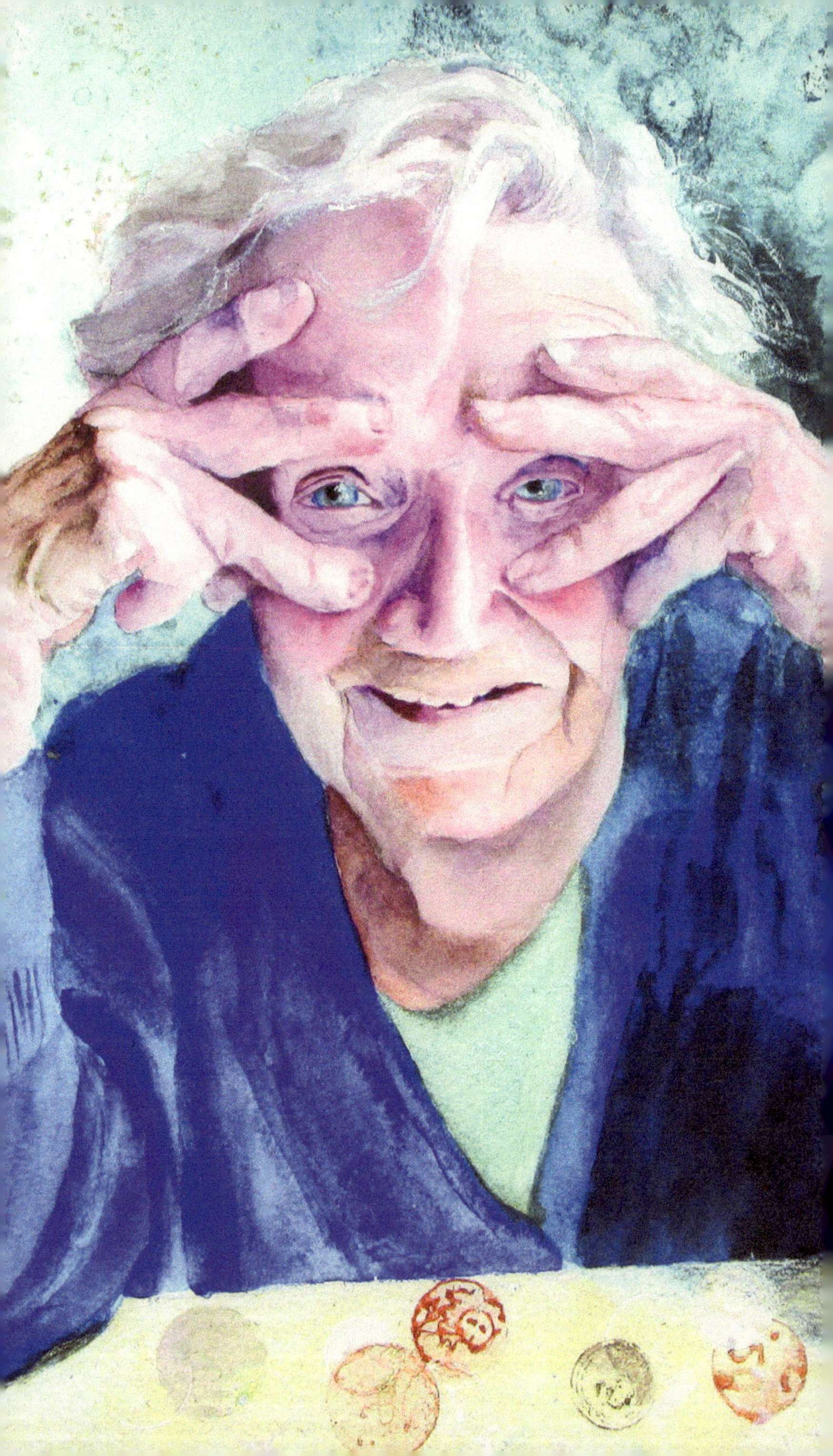

Älter werden

Älter werden hat es in sich. Es ist nichts für Feiglinge. Und es ist ein großes Privileg. Mein Vater starb schon kurz vor seinem 52. Geburtstag. Als ich 52 Jahre alt wurde, war es ein seltsames Gefühl. Ich darf länger leben als er.

Mein Mann ist der jüngste von sieben Geschwistern. In den letzten Jahren mussten wir immer wieder Abschied nehmen. Ein Bruder, eine Schwester und zwei Schwägerinnen sind gestorben. Sie fehlen. Wenn wir jetzt im Familienkreis zusammenkommen, sind wir deutlich weniger als zuvor. Jedem von uns ist bewusst, dass diese Entwicklung nicht aufzuhalten ist. Unsere Lebenszeit neigt sich dem Ende zu. An denen, die deutlich älter sind als wir, sehen wir die Auswirkungen des Älterwerdens noch deutlicher als an uns selbst. Manche sind schon ziemlich gebrechlich. Bei manchen nehmen die geistigen Kräfte ab. An denen, die gestorben sind, sahen wir, dass der Tod wirklich eine Erlösung sein kann. Sie waren zu schwach geworden, um dem Leben noch gewachsen zu sein.

So sehr sie uns fehlen, so sehr gönnen wir ihnen, dass sie dieses Erdenleben hinter sich lassen konnten.

Wir sind mehr als der Körper. Wie wird es sein, wenn wir gestorben sind? Welche Abenteuer erwarten uns dann? Wie wird die große Verwandlung aussehen? Mit unserem menschlichen Verstand können wir es nicht fassen. Das Ende des Erdenlebens wird ein neuer Anfang sein. Hier auf dieser Erde gibt es nichts Vollkommenes. Das Vollkommene kommt erst in der kommenden Welt.

Die Zeit, die uns hier noch bleibt, ist etwas Kostbares. Wollen wir sie verderben durch lieblose Worte, Tratsch und Klatsch und Langeweile? Ganz bestimmt nicht! Wir nehmen es als Geschenk, dass wir noch aktiv sind, reisen und etwas unternehmen können. Wir treffen Freundinnen und Freunde und lernen auch neue Leute kennen. Wir können klare Gedanken denken und uns mit Bild und Wort ausdrücken. Wir leben unser Leben zu zweit. Alles das ist nicht selbstverständlich. Es ist ein großes Geschenk. Das ist uns jetzt sehr deutlich bewusst.

Wir freuen uns an der Freiheit, die wir früher nicht in diesem Maße hatten. Mitten am Tag spazieren gehen. Die Abendtermine reduzieren. Ins Bett gehen, wenn wir müde sind. Eine Nachmittagsvorstellung im Kino oder Theater besuchen. Mitten an einem Werktag Besuch empfangen. Außerhalb der Schulferien Urlaub machen. Niemand kann mehr vorschreiben, was wir in unserer Zeit tun. Wir entscheiden selbst, was wir uns vornehmen. Und wir sind so gefestigt, dass uns nicht mehr jede Kritik aus der Fassung bringt. Wir wissen, dass wir es nicht allen recht machen können. Wir brauchen unsere Entscheidungen vor niemandem rechtfertigen. Schließlich sind wir gestandene Leute.

Hier und da bekommen wir Anfragen und Aufträge. Wir wägen gut ab, ob wir Ja sagen oder Nein. Wir lernen, mit unseren Kräften zu haushalten. Ich reduziere das Vielerlei auf das, was mir wirklich wichtig ist.

Ich bin im Werden. Ich vertraue mich der göttlichen Liebe an - hier und im kommenden Leben. Ich bin gespannt, wohin sie mich führt.

Heilsame Stille und offenes Wort

Ich brauche die Stille. In ihr sortiere ich mich. In ihr richte ich mich aus. Ich schließe die Augen. Ich schließe den Mund. Es ist eine heilige Zeit.

Manchmal nehme ich ein Bibelwort mit in die Stille. Ich höre hin, was es zu mir sagt. Es kann auch ein anderes Wort sein, ein Mantra, ein Lied. Ich werde mir des Atems bewusst, der durch mich fließt. Ich spüre die Empfindungen meines Körpers und werde mir der Gedanken bewusst, die mir durch den Kopf gehen. Sie kommen und gehen. Viele von ihnen bringen mich gar nicht auf eine gute Fährte. Ich lasse sie ziehen. Ich öffne mich für das, was größer ist als meine Gedanken und Gefühle.

Schon als junge Frau hatte ich ein "Haus der Stille" in der Schweiz entdeckt. Es wird von den Schwestern von Grandchamp geführt. Sie leben nach der gleichen Regel wie die Brüder von Taizé. Einmal im Jahr kehrte ich für ein paar

Tage dort ein. Als Pfarrerin arbeitete ich in einem Beruf, in dem ich viel reden musste. Es war sehr wichtig für mich, immer wieder für ein paar Tage das Reden sein zu lassen und stattdessen in der Stille zu sein. Es waren immer mehrere Gäste dort. Wir trafen uns zu den Mahlzeiten und zum Gebet in der Kapelle. Wir fühlten eine große Verbundenheit, obwohl wir nicht miteinander sprachen. Für jede und jeden von uns war eine Schwester als Ansprechpartnerin da. Während jedem Aufenthalt verabredete ich mich einmal mit ihr zum Gespräch. In der Stille waren mir wichtige Fragen und Erkenntnisse gekommen. Es war gut, sie auszusprechen und danach wieder in die Stille zu gehen. Mit großer Klarheit und neuer Ausrichtung ging ich danach wieder in meinen Alltag zurück.

Heilsame Stille wird freiwillig gewählt. Sie ist von niemandem auferlegt. Anders ist es mit erzwungener Stille. In den Diktaturen wird den Menschen das offene Wort verboten. Sie dürfen ihre Meinung nicht äußern. Wer protestiert, gerät in Lebensgefahr. Solche Stille ist grausam. Sie dient dem Leben nicht, sondern erstickt und zerstört. Meine Eltern waren in der Zeit des Nationalsozialismus aufgewachsen. Sie mussten lernen, ihre Zunge zu hüten. Die große Vorsicht blieb ihnen auch nach dem Krieg. Es fiel ihnen sehr schwer, offene Gespräche zu führen und zuzulassen. Wir Kinder litten darunter. Auch für uns gab es viele Schweigegebote. Wir schluckten unseren Protest hinunter und behielten unsere Gedanken für uns. Erst als Erwachsene lernte ich das freie, offene Wort. In meinem Beruf als Pfarrerin musste ich oft öffentlich sprechen. Das war zunächst eine große Hürde für mich. Aber es kommt mir jetzt zugute, dass ich es lernen musste. Inzwischen macht es mir viel Freude, öffentlich zu sprechen.

In Deutschland und in ganz Europa entstehen wieder rechtsradikale Bewegungen. Sie wollen Leute, die nicht zum "eigenen Volk" gehören oder missliebiger Meinungen sind, aus dem Land verjagen und vertreiben. Sie haben immer mehr Zulauf und gewinnen großen Einfluss. Die "schweigende Mehrheit" muss sich jetzt zu Wort melden. Offene Worte sind nötig. *"Alles hat seine Zeit"*, heißt es in der Bibel. *"Schweigen hat seine Zeit, und Reden hat seine Zeit"* (Prediger 3). Ich lerne, dies zu unterscheiden und zu wählen, was gerade dran ist. So werde ich, was ich wirklich bin.

Größer als ich

Wenn ich auf mein Leben zurückschaue, staune ich über die Fülle der Lebenserfahrungen und Erkenntnisse. Wie vielen Menschen bin ich begegnet! Wie viele haben mir ihre Lebensgeschichten erzählt! Ich bin in andere Länder gereist und habe andere Landschaften gesehen. Und dennoch kenne ich nur einen winzigen Ausschnitt der Welt. Viele Sprachen verstehe ich nicht. Viele Lebenserfahrungen sind mir fremd. Ich habe keine Kinder und Enkelkinder. Ich war niemals arbeitslos. Ich wurde nie mit einer Waffe bedroht. Ich musste niemals hungern. Das Leben ist viel größer als das, was ich aus eigener Erfahrung kenne und weiß.

Ich lebe im 21. Jahrhundert. Die Menschen im Mittelalter haben ganz anders gelebt. Sie hatten andere Berufe und andere Arten, miteinander zu kommunizieren. Ihre medizinische Versorgung war mangelhaft. Ihre Sprache klang anders. Jede Zeit bringt ihre eigenen Herausforderungen hervor. Manchmal frage ich mich, wie mein Leben wohl ausgesehen hätte, wenn ich nur 50 Jahre früher geboren wäre. Hätte ich meinen Mund aufgemacht gegen die Verbrechen der Nationalsozialisten, oder hätte ich geschwiegen aus Furcht? Ich werde das niemals herausfinden. Denn ich lebe jetzt. Das kann kein Zufall sein. Ich bin in diese Zeit hineingeboren. Jetzt und hier werde ich gebraucht. Jetzt und hier gilt es, das Leben zu bestehen.

Eine Kraft, die größer ist als wir alle, ist am Werk. Sie wirkt in allem und durch alles. Wir haben verschiedene Namen für sie. Manche nennen sie "Gott". Manche nennen sie "Heiliger Geist". Manche nennen sie "Abba" oder "Vater im Himmel". Manche nennen sie "das Leben". Manche nennen sie "der Ewige". Manche nennen sie "Allah". Gott hat viele Namen. Es sind unendlich viele. Als ich klein war, begann ich meine Gebete mit der Anrede: "Lieber Gott ...". Heute sage ich: "Ewige Liebe ...". Geblieben ist, dass ich mich selbst gar nicht denken kann ohne eine Beziehung zu dieser größten Kraft. Ich brauche sie. Ihr vertraue ich mein Leben an. Sie versteht, was ich nicht verstehen kann. Sie wirkt auf vielerlei geheimnisvolle Weisen. Sie ist unablässig am Werk. Sie verbraucht sich nicht. Sie wird niemals müde zu lieben.

Jeder Tag bringt neue Möglichkeiten und neue Aufgaben. Am Anfang jeder Woche schreibe ich mir auf, was ich mir für diese Woche vornehme. Immer wieder kommt auch Überraschendes hinzu. Niemals schaffe ich es, meine Liste komplett abzuhaken. Niemals werde ich mit allem fertig. An jedem Tag sind Entscheidungen nötig. Tue ich dieses oder jenes? Beides zugleich geht nicht. Früher habe ich damit gehadert, dass ich nicht alles schaffe. Jetzt versöhne ich mich damit. Ich bin schließlich nur ein ganz winziger Teil des Lebens. Jemand anderes wird tun, was ich nicht kann. Jemand anderes wird eine Idee ins Leben bringen, für die ich keine Zeit habe. Wir sind auf vielerlei Weisen verbunden. Wir ergänzen einander. Wir korrigieren einander. Wir lernen voneinander. Wir sind füreinander da - selbst wenn wir einander gar nicht persönlich kennen.

Die Kraft, die größer ist als ich, führt alles zum Ziel. Ich vertraue ihr mein Leben an. Sie führt mich weiter. Ihr verdanke ich alles. Mit ihrer Hilfe werde ich, was ich wirklich bin.

Verwandlung

Ich hatte ein Pusteblumenbild in Aquarell gemalt. Ich hatte mein Bestes gegeben und viel Zeit hineingesteckt. Trotzdem wurde es nicht so ansprechend wie ich gehofft hatte. Ich war enttäuscht. Ich wusste nicht weiter. Ich ließ es auf dem Malbrett und stellte es in die Ecke. Ein paar Wochen später fiel es mir wieder ins Auge. Plötzlich kam mir eine Idee. "Ich könnte das Bild auf den Kopf stellen und abstrakt weiterarbeiten!" Pusteblumen sind für mich sowieso das Sinnbild für Verwandlung. "Warum nicht aus einem realistischen Bild ein abstraktes entstehen lassen? Ich werde es versuchen!" Mit voller Schaffensfreude ging ich ans Werk. Als das Bild fertig war, gab ich ihm den Titel "Verwandlung".

Künstlerinnen und Künstler arbeiten schon immer so. Wir nehmen Leinwände mit Bildern, die uns nicht mehr befriedigen, und malen ein neues Bild darüber. Mit Aquarellfarbe geht das nicht so leicht. Mit Ölfarbe ist es gar kein Problem. Sie überdeckt das, was darunter liegt, vollständig. Auch die Großen der Kunstgeschichte wie Rembrandt haben es so gemacht.

Bei den Schwestern von Grandchamp habe ich ein Gebet kennengelernt, das mir sehr wichtig ist: *"Wandle zum Guten, was durch unsere Hand verdorben ist!"* Sie beten es am Ende jedes Tages. Dieses Gebet entspringt einem großen Vertrauen. Gott kann auch aus unseren Fehlern und Irrtümern Gutes erschaffen. Denn die göttliche Weisheit sieht weiter als wir es können. Die schöpferische göttliche Liebe bringt alles zur Vollendung.

Im Lauf eines Lebens machen wir alle viele Erfahrungen. Jede einzelne Erfahrung war wichtig. Jede trägt bei zu dem, was wir heute sind. Selbst, wenn etwas bitter, hart und schmerzlich war. Selbst, wenn wir auf Irrwege geraten sind und Verkehrtes gedacht, gesagt oder getan haben: Es gehört zu unserem ganz speziellen, einzigartigen Lebensweg. Die göttliche Liebe ist am Werk, selbst in den dunkelsten Zeiten. Aus Fehlern und Irrwegen lernen wir. Wir können sie nicht aus unserem Leben streichen. Aber wir brauchen sie auch nicht noch einmal genauso zu wiederholen. Wir sind inzwischen reifer geworden. Die alten Muster stecken uns zwar noch in den Knochen. Aber wir können uns davon lösen und Neues ausprobieren. Jeder neue Tag gibt uns neue Chancen. Die göttliche Liebe gibt uns niemals auf.

Auch Ihr Leben ist ein Weg. Auch Sie haben vieles erfahren, durchlebt und durchlitten. Auch in Ihrem Leben ist viel Verwandlung geschehen. Können Sie das sehen?

Oft schauen wir gnadenlos auf uns selbst oder andere. Wir richten ohne Erbarmen. Probieren Sie es anders. Schauen Sie liebevoll auf Ihr Leben und auf die, die zu Ihnen gehören. Möge Ihnen die Liebe die Augen öffnen. Sie werden staunen, was Sie dann sehen. Möglicherweise entsteht auch in Ihnen ein Ja zu Ihrem Weg. Möglicherweise entsteht auch in Ihnen ein Vertrauen zur höheren Weisheit, die hinter allem steht. Das wäre heilsam und gut.

Wir sind noch nicht am Ende. Die Liebe führt uns weiter. Vertrauen Sie darauf, zusammen mit mir. Lassen Sie sich von der Liebe leiten. Werden Sie, was Sie wirklich sind.

Ich male das Glück

Gabriele Koenigs

www.gabrielekoenigs.de

Ich male das Glück

Meine Bilder und Geschichten erzählen vom Mut, vom Glück und von der Freude am Leben. Sie erzählen von Hoffnung und Liebe und vom Glauben. Sie erzählen von überstandener Not und von göttlicher Führung. Hass, Gewalt und Gemeinheiten male ich nicht.

Ich setze Motive um, die mir wichtig sind. Ich male auch Auftragsbilder.

In diesem Buch sehen Sie einige Gemälde von mir. Zum Teil sind es nur Ausschnitte. In der Gemäldegalerie auf meiner Internetseite können Sie die Bilder vollständig sehen. Hier sind die Titel zu den Bildern in diesem Buch:

Titelseite: **Die mit Tränen säen ...** (Öl)

Seite 8: **Auch die Nacht leuchtet** (Öl)

Seite 12: **Entdeckerfreude** (Aquarell)

Seite 16: **Das Leben blüht auf** (Öl)

Seite 20: **standhaft** (Aquarell)

Seite 24: **Alles muss klein beginnen** (Öl)

Seite 28: **amazing grace** (Aquarell)

Seite 32: **Du siehst mich** (Aquarell)

Seite 36: **Da kommt noch mehr** (Öl)

Seite 40: **Licht vom Licht** (Mischtechnik)

Seite 44: **Meister im Loslassen** (Aquarell)

Seite 48: **zart** (Aquarell)

Seite 52: **Wie überströmst du mich ... (Öl)**

Seite 56: Humor ist Gold wert (Aquarell)

Seite 60: **An diesem heiligen Ort** (Aquarell)

Seite 64 **Von guten Mächten ...** (Öl)

Seite 68: **Verwandlung** (Mischtechnik)

Auf meiner Internetseite finden Sie Informationen zu meinem Werdegang, zwei Filme und ein ausführliches Rundfunkinterview. Sie sehen die aktuellen Termine für Malkurse und Ausstellungen. In meinem Blog veröffentliche ich jeden Sonntag eine Ermutigung, bestehend aus einem Bild und einer Geschichte und einem Musikstück.

Ich habe einen Onlineshop eingerichtet, in dem Sie Karten, Drucke, Bücher und Originale bestellen können.

Ich habe sieben Bücher im Eigenverlag herausgebracht. Diese Bücher können Sie nur bei mir erwerben. Sie können die Bücher auch in der digitalen Fassung erhalten. Ich schicke sie Ihnen gegen Rechnung zu.

Simone Hertle, Hanni Strohäcker und Gerhard Schäberle-Koenigs haben dieses Buch sorgfältig korrigiert. Joachim Pannasch hat die Fotos für den Druck bearbeitet. Gudrun Specht und Manuela Koenigs haben die Entstehung des Buches von Anfang an begleitet und mich beim Schreiben angespornt. Großer Dank dafür!

GABRIELE KOENIGS

Im ersten Beruf war ich evangelische Pfarrerin. Nun bin ich Malerin, Buchautorin und Kursleiterin. Es ist ein Lebensweg voller Überraschungen und erstaunlicher Entwicklungen.

Loved this book?
Why not write your own at story.one?

Let’s go!